ÉMILE PONTICH

NOTES SUR LA VIE

PARIS

LÉON VANIER, LIBRAIRE-ÉDITEUR

19, Quai Saint-Michel, 19

1893

NOTES SUR LA VIE

ÉMILE PONTICH

NOTES SUR LA VIE

PARIS

LÉON VANIER, LIBRAIRE-ÉDITEUR

19, Quai Saint-Michel, 19

1893

NOTES SUR LA VIE

Comme Narcisse se mirant dans la fontaine, les hommes vertueux, épris de leur belle âme, se mirent dans leurs actes.

La crainte de se faire des ennemis contraint quelquefois un homme original à ne pas sortir de la banalité.

1

On cite des femmes pour leur sévérité ; pour avoir la couleur du bronze, une statue de plâtre n'en est pas moins fragile.

⁕

Il y a deux types de parvenus vaniteux : celui qui veut être fier d'avoir porté des sabots et celui qui en rougit.

⁕

Juger un homme sur sa réputation, c'est le voir par le gros ou le petit bout d'une lorgnette.

Qu'il y ait des femmes qui ne soient pas comme les autres, on n'a cru cela de certaines que pendant un certain temps.

⊶❧⊷

Dans le monde, on paraîtrait un comédien, si l'on ne jouait pas la comédie.

⊶❧⊷

Si l'on passe pour un homme discret, c'est qu'on ne s'intéresse pas aux autres.

Le sens de la distinction manque aux gens du peuple : un robuste gaillard aux traits grossiers est pour eux le type qui séduit.

∘⟨⟩∘

Ceux-là seront toujours les moins connus, qui connaîtront le mieux les autres.

∘⟨⟩∘

On ne vous reproche tant d'être un rêveur, que parce que vous pouvez esquiver la vie.

Combien certains hommes sont patients, il n'y a que les femmes qui puissent le dire.

◦⚬◦

Tant certains ont besoin d'être heureux, qu'ils veulent s'efforcer de croire qu'ils croient.

◦⚬◦

Lorsqu'on commence à songer au passé, on voit mieux ce qu'on peut devenir.

1 *

Un homme peut être assez vaniteux pour croire qu'il n'a jamais rencontré de flatteurs.

*　*　*

L'audace nécessaire pour se tirer d'un mauvais pas, un timide peut quelquefois l'avoir au lendemain d'un mauvais rêve.

*　*　*

On finira par se moquer des serments politiques comme on se moque des serments d'amour.

Les hommes d'action, qui sont les plus pressés, savent le moins que la vie est courte.

❖

Se repent-on vraiment de ses fautes, si l'on ne peut croire qu'on n'en fera plus?

❖

En amour, on ne s'explique pas : on se fait comprendre.

On a tant de plaisir à donner des conseils, qu'on en donne même aux femmes.

o✥o

Ne soyez pas trop familiers avec les hommes : il vaut encore mieux jouer avec les chats.

o✥o

Ce n'est pas celui qui montre souvent de la pitié qui peut se croire sans imagination.

S'il est vrai qu'il faut savoir jouir du présent pour être heureux, les femmes sont plus heureuses que les hommes.

o≈◆≈o

Le désir d'arriver à la fortune est d'autant plus vif qu'on ne peut montrer ses défauts.

o≈◆≈o

De même qu'on doit s'assurer de la solidité de la glace avant de patiner, on ne doit s'amuser d'un sot qu'après avoir sondé sa sottise.

Celui qui croit pouvoir oublier, se souvient déjà moins.

Le mendiant n'arrive au dernier degré de la mendicité que s'il devient amoureux.

Ainsi qu'un riche mal vêtu, l'homme d'esprit, s'il est timide, passe souvent inaperçu.

On ne se sent jamais plus au-dessus des autres, que lorsqu'on ne peut pas même les détester.

On ne se sent jamais plus au-dessus des autres, que lorsqu'on ne peut pas même les détester.

Les femmes regardent dans les yeux des hommes comme en un miroir qui les flatte.

Certains n'ont jamais été plus malheureux que de n'en pouvoir persuader les autres.

Tout en regrettant de ne pouvoir être estimé de certains, on se réjouit d'avoir d'autres qualités que celles qui peuvent leur plaire.

On varie sans cesse dans ses idées et dans ses opinions, et c'est pour ne pas s'en apercevoir qu'on est un vrai caméléon.

Ceux qui ont le moins besoin des autres ne sont pas ceux qui ont le plus d'argent.

C'est en croyant toujours voir du nouveau que vous pourrez vous divertir en ce monde.

⁂

Lorsqu'on se réconcilie avec un ennemi, on ne se souvient plus de lui.

⁂

En se voyant pour la première fois éprise d'un homme, la femme fière et hautaine pousse des cris de fureur contre celui qui la domine.

Peut-être que si les hommes étaient meilleurs, on aimerait moins la campagne.

0⋈0

Un coup de pinceau donné sans réflexion peut produire un effet, en est-il de même avec la plume ?

0⋈0

On doit s'efforcer de faire triompher la justice, sans jamais croire y parvenir.

La femme est si peu faite pour commander, qu'elle a toujours l'air mécontent lorsqu'elle porte les culottes.

Si vous ne pensez pas devenir plus heureux, on vous reprochera de ne vous donner aucune peine.

Pour avoir voulu triompher d'un ennemi, certains sont parvenus à la gloire.

Il en est qui n'ont d'autre mérite que celui qu'on pourra leur accorder après leur mort.

⁂

Vous vous fatigueriez moins d'être à genoux, si votre piété était plus sincère.

⁂

Parmi les hommes politiques, ceux-là surtout qui n'ont jamais perdu leur popularité sont très attachés à leur opinion.

On ne confond le paresseux et le flâ-
neur que parce qu'ils sont de la même
famille : il y a entre eux la différence de
la chenille au papillon.

❧

L'amour-propre panse et guérit lui-
même ses blessures.

❧

Ce n'est que lorsqu'ils vont commet-
tre une sottise, que certains ne réussissent pas.

2

Ceux-là qui ne seront jamais que des enfants peuvent toujours se plaire avec les hommes.

◦⟨⟩◦

On n'est quelquefois discret que pour exciter à l'indiscrétion.

◦⟨⟩◦

Les presbytes de l'esprit sont ceux qui voient tout en beau; les myopes ceux qui voient tout en laid. Le jugement, comme la vue, a ses infirmes.

Une femme laide veut d'autant plus se faire aimer, qu'elle sait que l'amour est aveugle.

Pour savoir combien les hommes importants sont grotesques, il faut avoir la conviction de n'être qu'une marionnette dans la vie.

On sait ce que vaut le bonheur des autres, lorsqu'on ne cherche plus qu'à les soulager.

L'amour cesse dès qu'on n'a plus le désir de faire faire des aveux.

On ne peut prévoir les conséquences lointaines d'un fait, mais on se plaint de ce qui arrive.

Quand on se moque de soi, on ne veut que flatter son voisin.

Celui qui se croit sans imagination n'a jamais été jaloux.

◦◄❖►◦

Le sourd feint quelquefois par calcul de ne pas entendre ; le myope n'agit pas autrement : les hommes se font souvent une arme de leurs infirmités.

◦◄❖►◦

Ne penser qu'à sa maîtresse, c'est toujours penser à soi.

Si ridicule qu'on soit, on ne l'est jamais pour tout le monde.

C'est par l'oubli complet de soi, que l'on peut bien juger les autres.

On attend vainement le moment d'agir, lorsqu'on ne s'y sent point disposé.

Lorsqu'on s'aperçoit qu'on fait mal,
on commence à mal faire.

⁕

Les envieux se font un bouclier de la
franchise.

⁕

S'aviser que l'on discute avec un sot,
c'est constater qu'on vient d'en être
dupe.

Pour ne pas faire du mal aux autres,
on ne doit pas souhaiter d'être aimé.

Comment ne pas être superstitieux
lorsqu'on n'est qu'un homme.

La femme veut qu'on la croie capable
de dévouement, souvent elle se sacrifie
rien que pour le paraître.

On n'est jamais plus près d'être heureux, que lorsqu'on ne craint plus d'être dupe.

◦⧓◦

Ceux qui sont les plus enviés ne trouvent pas leurs joies dans le sacrifice.

◦⧓◦

Avoir les apparences d'une femme honnête coûte souvent plus aux femmes frivoles que de l'être en réalité.

3

Il peut se méfier de l'amour, celui qui est souvent froissé lorsqu'on en parle.

La preuve qu'on n'est pas toujours clairvoyant, c'est qu'on cesse de s'ennuyer.

On ne peut rester longtemps malheureux sans pouvoir dire qu'on l'a été.

Ce qu'il y a de plus honnête chez l'homme, ce sont ses yeux.

⚜

Tant qu'on ne peut dire des sottises sans qu'on s'en aperçoive, on n'est pas encore une célébrité.

⚜

Les amoureux s'observent trop pour faire des discours : ils ne se donnent que la réplique.

Un poète de talent, qui n'est connu que de ses amis, est presque toujours pour eux *un homme qui se monte le coup.*

⁜

On est toujours surpris de trouver la gloire, alors même qu'on s'attendait à la rencontrer.

⁜

S'il ne vous semble pas avoir toujours connu celle que vous aimez, ne vous croyez pas amoureux.

Lorsqu'on sait qu'on ne peut changer,
on se dégoûte des voyages.

On se croit assez de qualités pour en
avoir même le doute.

Dans les petites villes, ce n'est pas
l'éducation qui marque le rang; l'on se
dit républicain, mais on fait à un homme
instruit le reproche d'être fils d'ouvrier.
Quand on a le préjugé de la naissance,
on doit s'incliner devant la noblesse.

3*

Certains ont assez peu de mémoire
pour pouvoir vivre sans repentirs.

Le moyen de vivre dans un monde
meilleur, c'est de ne penser qu'au
passé.

Celui-là seul aime la nature, qui devient bon en la contemplant.

C'est pour n'avoir jamais eu de chagrins qu'on en devrait le plus avoir.

L'homme d'esprit qui domine dans un salon n'a que les sots à redouter.

Les femmes restent toute leur vie de grands enfants ; elles ont bien plus de chagrins que les hommes, étant d'un plus fort égoïsme, mais leur souffrance est de moindre durée.

Sans pouvoir répéter ce que disent certains, la plupart des gens ne diraient que des bêtises.

⚜

On ne se sent complètement dans l'adversité que lorsqu'on s'est résigné à avoir toujours tort.

⚜

Il y a des gens qui peuvent toujours compter sur leur chance sans jamais cesser d'être positifs.

On peut voir avec plaisir celui dont on est l'obligé, mais quand on pense qu'il l'a oublié lui-même.

&ox-&

Ceux qui réfléchissent le moins savent le mieux ce qui leur convient.

&ox-&

Lorsqu'on se glorifie d'avoir eu beaucoup de femmes, on ne se souvient pas toujours de ce qu'on fit pour les avoir.

Si je songe que chacun peut se rattacher à l’origine du monde, un imbécile même me paraît sacré.

*

Pour ne jamais manquer de tact, il faudrait savoir changer de figure.

*

Le sage dédaigne les louanges parce qu’il ne doute point de ses vertus.

On commettra moins de sottises, si l'on pense à ses ennemis.

o═❖═o

Ne pense pas savoir ce que tu veux, si tu n'as pas encore agi.

o═❖═o

Ce qui marque bien l'infériorité des femmes, c'est leur étonnement devant l'orgueil des hommes.

L'amitié, pour certains, est une trop grosse dépense.

On peut paraître sans illusions, tant qu'on ne parle pas de soi.

Quand on a connu le véritable amour à trente ans, on est à jamais assuré contre les incendies du cœur.

Dès qu'un artiste se croit célèbre, il cesse de se vanter.

⊶❈⊷

Un sot qui vient à dire un bon mot peut désormais raconter ses exploits.

⊶❈⊷

Les gens qui ne sont pas très malheureux dans la vie aiment à recommencer les choses.

4

Pour avoir dit que vous aviez le mépris de l'argent, certains ne vous pardonnent pas de leur avoir fait faire la
grimace.

On doit quelquefois à la nécessité de
n'avoir pas autant souffert.

Ceux-là ne tombent jamais qui ne se
soucient pas de l'opinion des autres.

Combien de femmes se souviennent, avec leur mari, qu'on ne met le collier à certains chevaux que lorsqu'on les caresse.

❦

Il ne jouit jamais beaucoup celui qui se croit tout permis.

❦

Si vous ne vous sentez pas toujours seul, ne croyez pas avoir bien observé les autres.

On n'avoue jamais ses défauts que devant ceux qui les connaissent.

❧

Lorsqu'on commence à envier l'animal, c'est qu'on a trop abusé de l'esprit d'analyse.

❧

Aucun vieillard ne méditerait le respect, s'il fallait s'être toujours bien conduit pour être honnête.

Le dépit de voir des gens insensibles à leur supériorité pousse les hommes d'esprit à cribler les sots d'épigrammes.

C'est pour avoir eu le plus grand cœur, que certains ne l'ont jamais voulu donner.

Celui qui ne trouve jamais un ami qui lui convienne doit-il se croire sans défauts?

Le souvenir de la femme qu'on n'a pas eue et qu'on aimait ne peut jamais s'effacer.

On ne se sent jamais plus vieilli que lorsqu'on s'aperçoit que les journées filent vite.

Je me déplais dans la société des hommes d'action ; n'étant pas aptes à s'étudier eux-mêmes et n'observant jamais les autres que superficiellement, ils sont de suite ennuyeux.

Telle est la coquetterie chez les femmes, que certaines, dans la rue, semblent ne point voir passer les hommes.

Un observateur est d'autant plus malheureux, qu'il a quelquefois des héritiers.

On voit bien qu'on ne s'est pas corrigé de ses défauts lorsqu'on n'est plus aussi heureux.

Les femmes dans leur amour ne se préoccupent jamais que de vaincre.

⁂

Qui se glorifie de n'avoir eu que de la chance ?

⁂

Ceux qui seront plus tard de votre avis attendent que vous ne vous souveniez plus de leur opinion.

S'il fallait estimer quelqu'un comme il veut l'être, on ne pourrait jamais penser à soi.

Le singe imite l'homme : c'est pour cela qu'on dit qu'il fait des grimaces.

Les avares sont les martyrs du culte de l'argent.

Croyez-vous que vous traverserez l'existence sans jamais avoir besoin d'un parapluie ?

◦❋◦

C'est avec raison que certains qui n'ont pas été bâtonnés se plaignent qu'on ne leur ait pas rendu justice.

◦❋◦

On croit surtout au fatalisme lorsqu'on ne peut se justifier.

Ce n'est pas avec de bons yeux qu'on pourra voir dans le passé.

Bien des malheurs ne rendent triste que par l'obligation de le paraître.

Peut-elle se croire sans esprit, la femme que vous n'écoutez que des yeux ?

L'on a vu des hommes monter sur l'échafaud, n'ayant que ce moyen pour s'élever au-dessus des autres.

Les hommes graves le sont beaucoup plus devant les gens d'esprit.

On ne peut quelquefois supporter les flatteurs, mais on vit toujours bien avec soi-même.

Ceux-là qui disent que la vie n'est qu'une comédie sont probablement as-surés pouvoir manger tous les jours.

o⊰⊱o

Il y a des gens qui boivent beaucoup et qui ne se grisent pas ; j'ai connu des amoureux qui ne perdaient jamais la tête.

o⊰⊱o

L'usurier n'est malin que parce qu'il a l'argent.

5

On ne peut mieux s'alléger pour la course au bonheur, qu'en se débarrassant de ses prétentions.

⋆⋆⋆

Si les singes venaient à parler, ils perdraient leur supériorité sur beaucoup d'hommes.

⋆⋆⋆

Lorsqu'une vieille prude est prise sur le fait, il y a autant de bassesse et de férocité dans ses traits que chez un vieux renard pris au piège.

Par la mort d'un ami, chaque jour on vit moins.

Les ennuyeux ne sont pas ceux qui profitent le moins des bienfaits de l'éducation.

On ne dira jamais de vous-même tout le bien que vous en pensez.

La fierté d'un homme ruiné n'est soutenue souvent que par l'habit qu'il porte.

◦✄◦

Savourer le plaisir de rester au lit après le sommeil, c'est montrer, autant que le gourmet, une supériorité de goût sur les autres.

◦✄◦

Un penseur est plus clairvoyant que jamais, lorsqu'il n'est occupé qu'à jouir du soleil.

Que de gens auraient des remords, s'ils ne se croyaient pas si habiles.

Ceux qui sont les plus irrités contre les sots ne leur pardonnent pas d'avoir la forme humaine.

Ce qui prouve bien qu'on peut parler des choses sans les connaître, c'est que la plupart des gens ont des opinions sans jamais avoir su penser.

On ne se croit jamais assez laid pour vouloir cesser de vivre.

⁂

Le combat de la vie est d'autant plus acharné que chacun croit avoir droit à la part qu'il désire.

⁂

Si l'on convient qu'on n'a pas assez d'étoffe pour faire un homme de génie, on ne se croit pas d'une autre étoffe.

Savoir se taire à propos, voilà l'écueil des gens d'esprit.

Les hommes ont même assez de pudeur pour en pouvoir donner aux femmes.

Peuvent-ils rester dans le doute, ceux qui ne veulent point souffrir ?

Lorsqu'on se plaît à voir des yeux honnêtes,on est souvent réduit à regarder les chiens.

⚜

C'est lorsqu'on a la sensation du plus lointain passé que l'on se reconnaît le plus poète.

⚜

On peut ignorer que l'on aime une femme, tant qu'on ne l'a pas vue pleurer.

En croyant n'avoir jamais fait que ce qu'on a voulu, on est encore plus à plaindre.

❦

Certains dont on a reconnu le mérite sont devenus, par ce fait, les plus insupportables des hommes.

❦

Non contents de se tromper entre eux, les hommes cherchent à se tromper eux-mêmes et y réussissent le plus souvent.

Je puis d'autant moins souffrir le contact de certains, que je songe que je pourrais reposer à côté d'eux après la mort.

◦❈◦

Ceux-là savent lire dans les physionomies, qui s'éloignent le plus des hommes.

◦❈◦

On croit avoir été heureux, on n'a jamais cru l'être.

Des aventures intéressantes, il n'en peut jamais arriver dans la vie qu'à ceux qui ont de l'imagination.

⁂

La crainte d'être dupé inspire à certains le désir de paraître habile.

⁂

On tient beaucoup plus à son chien qu'une femme à son amie.

Tout ce qui vit combat, et l'on ne saurait aimer la vie sans être belliqueux.

On ne se console pas de son malheur en pensant qu'il sert d'enseignement aux autres.

Si je vais parfois frayer avec les hommes, c'est pour mieux aimer la solitude.

Les gens qui n'ont que du toupet en ont même assez pour cela.

De sots flatteurs, il n'en est point avec les femmes.

Le prestige de la fortune agit moins sur l'esprit de certains hommes que la crainte d'être méprisé. Si les riches n'avaient pas une si haute opinion d'eux-mêmes, bien des gens n'auraient point devant eux l'attitude embarrassée.

Celui qui sait se servir de ses qualités n'en peut avoir une meilleure.

Une vieille femme qui se sent sans
cesse humiliée a beaucoup de peine à
cacher ses désirs.

On souffre moins de ses défauts lorsqu'on les reconnaît chez ses ancêtres.

Pour découvrir la pensée de l'auteur dans un texte obscur, le savant se creuse moins l'esprit qu'un amoureux pour fouiller un mot.

Ce n'est jamais un paresseux qui parvient à gagner la réputation d'homme aimable.

Il y a assez de femmes prétentieuses pour qu'on n'en puisse trouver d'autres.

Des sottises ; on n'en peut dire et faire davantage qu'avec de l'instruction et de l'argent.

***

Le vieil étourdi qui croit vous appeler *jeune homme* s'imagine qu'il suffit d'être âgé pour avoir de l'expérience.

***

Ceux qui sont fiers d'avoir beaucoup d'amis se connaissent bien peu.

Pour ne point se découvrir, les envieux sont forcés d'être plus habiles que les flatteurs.

L'amant le plus irrité ne parvient pas à se convaincre.

On se sent vraiment devenu vieux, que lorsqu'on s'aperçoit qu'on a déjà commencé à mourir.

6*

J'admire les vers d'un grand poète,
mais j'adore les miens.

C'est pour ne pas tomber que certains
se ravalent.

Si vous ne vous promenez jamais seul,
il doit vous en coûter peu de flatter.

Les joueurs sont comme les amoureux : alors qu'ils désespèrent, ils espèrent toujours.

❦

On est grossier pour une femme, lorsqu'en essayant de l'avoir de force on ne va point jusqu'au bout.

❦

La meilleure opinion qu'on puisse avoir de soi, c'est de se croire plus heureux que les autres.

A se voir aimer sans que l'on aime,
on a regret d'avoir soi-même aimé.

Ceux-là qui ne s'étonnent point de
ne pas être compris se sentent plus
grands que ceux qui en souffrent.

On peut vaincre les sots, jamais on
n'en triomphe.

Le jeune homme croit avoir toutes les qualités ; le vieillard croit souvent les avoir eues.

❧

Avec de faux diamants, comme avec des larmes, une femme sait toujours produire de l'effet.

❧

Comment ne pas dédaigner ce monde où nous sommes ? On veut y satisfaire son orgueil ; on n'y peut que se contenter d'être un homme.

Un ennemi qui vous imite ne vise qu'à vous surpasser.

*

Si les poètes perdaient leurs ailes, les femmes n'en auraient plus.

*

De tous les garçons, les barbiers sont les plus familiers. Cela s'explique : ils vous mettent la main sur la figure.

Ce que l'on aime bien, on l'a déjà aimé.

⁂

Il faut avoir de très hautes qualités pour ne pouvoir, malgré soi, faire comme les autres.

⁂

En s'acharnant à combattre un sot, on ne tuera pas toutes les mouches.

Pour la différence morale qu'il y a entre l'homme et la femme, il devrait y avoir une plus grande différence physique.

⚜

La qualité qui serait la plus nécessaire est toujours celle qu'on n'a pas.

⚜

Tant qu'un amoureux ne s'est pas tué, il fait rire de lui.

Le meilleur des hommes ne me paraît pas tant au-dessus des autres qu'il puisse mépriser l'humanité.

⁓❈⁓

Ce que l'on croit avoir négligé, souvent on n'a pu le faire.

⁓❈⁓

On ne peut ignorer de quel bois se chauffent les amoureux : c'est avec des querelles qu'ils raniment leur flamme.

7

Si vous n'aviez point de défauts, vous auriez celui-là.

Celui qui ne paye que de mine, et qui croit être ce qu'il paraît, éprouve autant de déceptions qu'il en fait éprouver.

Lorsqu'on ne veut pas être incommodé, on ne recherche pas la gloire.

En vous voyant toujours conserver la raison, les femmes n'auront pour vous que de la haine.

⁂

De même que des ballons, on peut dire de certains qu'on voit s'élever : « Plus ils montent, plus ils paraissent petits. »

⁂

On en voit certains qui sont toujours en lutte se plaindre amèrement de la vie ; c'est sans doute pour échapper aux coups qu'ils se jettent dans la bataille.

L'homme qui a le plus longtemps vécu est celui qui s'est le plus ennuyé.

Si l'on vous a rarement trompé, il est douteux que vous soyez riche.

Faire briller son esprit devant les autres, cela ne peut servir qu'à les rendre méchants.

Bien souvent le timide est mécontent de lui, mais plus souvent encore il l'est des autres.

❧

Un flatteur maladroit vous révolte ; il ne parvient, en cherchant à vous donner des qualités, qu'à vous convaincre qu'il a de vous l'idée d'un imbécile.

❧

On doit bien moins s'intéresser aux livres, lorsqu'on est las de voyager.

7*

Lorsque tu te seras résigné, c'est alors que tu auras compris.

Ceux-là qui connaissent le mieux leurs forces ne se vengent jamais qu'avec du mépris.

Le myope, parmi les chiens, est celui qui n'a pas de nez.

C'est pour ne pas déplaire et non pour
plaire que l'homme sans caractère est
toujours de l'avis de son voisin. On se
tromperait si on le prenait pour un flatteur.

◦❧◦

Ne te tourmente pas ; tu seras ce que
tu dois être.

◦❧◦

Le bonheur que donne la fortune
n'existe que pour ceux qui n'ont pas
d'argent.

Lorsqu'on joue trop la comédie, on se prend très souvent pour un autre.

◦❖◦

Pour faire apprécier sa modestie, il faut avoir montré ses qualités.

◦❖◦

Tout ce qu'on peut savoir des autres, c'est de sentir qu'on est différent.

Il n'y a de gens insupportables que ceux qu'on cesse de supporter.

Celui qu'on appelle *un coureur de femmes* n'est qu'un bipède toujours en rut.

La femme qui ne sait pas dissimuler n'a point profité de l'éducation qu'elle a reçue.

Plus habile que le prestidigitateur, le financier ne rend pas l'argent qu'il vient d'escamoter.

⋆

Comme les maris jaloux, les plus terribles chiens de garde n'aboient pas.

⋆

Une jeune fille sans dot ne sera plus bientôt, devant le mariage, qu'un eunuque femelle.

N'avoir jamais le droit de se moquer d'un autre, c'est venir après l'avant-dernier des sots.

En se montrant insensibles aux souffrances qu'endurent les bêtes, les paysans prouvent inconsciemment leur croyance. Ils ne seraient pas si cruels, s'ils croyaient une âme aux animaux.

On est souvent plus jaloux de vos illusions que de votre fortune.

Ce que l'on pourrait reprocher à certains hommes politiques, c'est d'avoir toujours été aimés du peuple.

o⚜o

Les femmes ne peuvent nous parler sans craindre de dire une sottise, que lorsqu'elles voient que nous les désirons.

o⚜o

On se pique d'avoir telle ou telle qualité selon le milieu où l'on vit.

La crainte de déplaire fait souvent qu'on déplaît.

⁂

C'est en acceptant de bâiller l'un devant l'autre, que les gens mariés peuvent se supporter longtemps.

⁂

Sachant que certaines choses ne peuvent se faire deux fois, on ne convient pas de son impuissance.

8

Si l'on ne peut trouver deux hommes se communiquant toutes leurs pensées, pourquoi dit-on qu'il y a de vrais amis?

⁂

Ceux-là qui n'oublient jamais leur parapluie peuvent triompher des femmes par l'assiduité.

⁂

Pouvant mieux que les hommes juger de leurs propres défauts, les femmes s'estiment rarement entre elles.

Plus on joue un rôle, mieux on le joue: c'est pour cela que les meilleurs comédiens ne sont pas au théâtre.

La musique rend certains plus dédaigneux, parce qu'elle leur fait mieux connaître ce qu'ils valent.

On ne peut conserver son ami, si l'on n'accepte d'être quelquefois sa dupe.

Certains sont si méprisés, qu'on ne peut jamais croire à leur dédain.

Ce qu'une femme paraît vivement désirer, il se peut parfaitement qu'elle l'ignore.

Il n'est pas bon d'être modeste devant un homme peu clairvoyant.

On se glorifie de n'avoir jamais parlé des autres, n'ayant pu jamais parler d'un autre.

Le grand Cercle est l'Académie des petites villes : on n'y admet que les plus riches du pays.

Un aveugle se laisse conduire par son chien; on est moins sûr d'éviter les mauvais chemins, lorsqu'on se laisse conduire par sa femme,

Pourquoi veut-on qu'un homme d'esprit soit spirituel quand on le désire? La poule fait-elle des œufs quand on le lui commande?

⬦

On n'est jamais assez malheureux pour trouver une vie sans obstacles.

⬦

La femme qui devrait être le plus punie n'aurait pas encore mérité de devenir une vieille femme.

Ceux que la science a rendus secs n'ont pas fouillé le fond des choses.

***

Certains sont si paresseux, qu'on pourrait croire, en les voyant mourir, qu'ils s'y sont décidés par paresse.

***

De tous les sots flatteurs, celui qui rit toujours n'est pas le moins habile.

Si vous tenez à vous croire sans illusions, n'allez pas entendre de la musique.

⚜

Qu'on ne puisse admettre d'avoir un
gorille pour rival, cela ne prouve point
qu'on connaisse les femmes.

⚜

Pour être très insouciant, on ne né-
glige pas de mourir à son heure.

S'il faut des qualités pour faire fortune,
il faut encore plus de défauts.

❖

L'ami d'un envieux vit dans la servi-
tude.

❖

On aime mieux être laid que ridicule ;
c'est pour cela que beaucoup de chauves
ne portent pas perruque.

Deux amis qui deviennent ennemis font rarement éclater leur haine : ils craignent de faire coup fourré.

*

Si l'on arrive à convaincre une femme par des discours, ce n'est jamais que par le dernier mot.

*

On peut regarder comme insignifiant qu'un chien cesse de vivre ; mais... que perdent la plupart des hommes par la mort ?

De l'amour-propre, certains croient n'en pas avoir, tant ils en ont.

Lorsqu'on a une tête de satyre, on n'est affreux que pour les hommes.

Certains sont d'une telle activité, qu'on les voit quelquefois courir pour demander de l'argent à un avare.

On n'a pas toujours, comme on a eu
et comme on aura, du courage et de l'esprit.

⚬≼≽⚬

Un sot peut inspirer de la haine, lorsqu'il possède assez d'énergie pour se
faire écouter.

⚬≼≽⚬

Ne battez pas mon chien, vous frap-
periez mon ami.

C'est pour certaines qualités qu'on croit avoir qu'il est quelquefois heureux de ne pas arriver à la fortune.

◦❧❧◦

Je me plais assez dans la mélancolie, pour ne pas regretter d'avoir eu des malheurs.

◦❧❧◦

Le fait de se trouver du côté du plus fort en humilie fort peu.

9

Ceux-là qui redoutent le plus la mort ne se sentent pas vivre dans les choses.

⁂

Lorsqu'on ne voit la femme que des yeux, on peut ne pas plus payer les filles qu'un soldat.

⁂

Quand on n'aime plus, on se souvient qu'on a été ridicule.

On ne peut se sentir atteint par le mépris de certaines femmes, puisqu'on rit devant la grimace des singes.

❧

Moins généreux que ne sont avec eux les gens d'esprit, les médiocres, dans les plaisanteries qu'ils font aux imbéciles, se montrent souvent durs et quelquefois cruels.

❧

Si les moutons sont satisfaits de ce qu'ils trouvent, les gens qui n'ont jamais rêvé ne se plaignent pas de la vie.

C'est l'attrait du mystérieux qui rend l'existence tolérable.

◦❧◦

On ne regrette pas d'avoir eu des illusions; c'est pour cela pourtant qu'on voit la vie plus laide.

◦❧◦

Celui qui peut se croire heureux n'a pas conçu l'âme des saints.

Les pâles rayons du soleil couchant, cela rend doux et triste et fait songer au passé.

◦❈◦

Tant je me plais dans les endroits déserts que, dès que je vois surgir un homme à l'horizon, je ne puis plus être heureux dans la campagne.

◦❈◦

On ne peut se glorifier de sa raison que lorsqu'on connaît sa folie.

Cette, décembre 1890.

MONTPELLIER, IMPRIMERIE CENTRALE DU MIDI
(HAMELIN FRÈRES)